KB271388

모아드림 | 21세기 | 기획시선 61

# 새우의 겨울

**이영섭** 시집

2004

**모아드림**

# 새우의 겨울

글쓴이 / 이영섭
펴낸이 / 孫貞順
펴낸곳 / 모아드림

1판1쇄 / 2004년 5월 17일
서울 서대문구 북아현3동 180-22
전화 / 365-8111~2
팩시밀리 / 365-8110
E-mail / morebook@korea.com
　　　　 morebook@morebook.co.kr
http://www.morebook.co.kr
등록번호 / 제2-2264호(1996.10.24)

ⓒ이영섭
ISBN 89-5664-049-1

* 이 책은 경원대학교의 저술지원금을 받았습니다.

* 잘못된 책은 구입하신 서점에서 바꾸어 드립니다.
 * 지은이와의 협의하에 인지를 붙이지 않습니다.

값 6,000원

새우의 겨울

■ 自序


이웃을 속이고 흉기 지닌 몸으로
결코 압복강을 건너지 못하리
모든 소유와 권속을 강 이쪽에 놓아 두고
당신의 옷자락을 붙든 야곱이
순순히 빼앗지 못한 것이 무엇인가


2004년 4월
이 영 섭

# 차 례

自序


## 1부 새우의 겨울

새우의 겨울__15

질량 불변의 법칙__17

겨울꽃__18

광장에서 너를 기다리며__19

둥지를 꿈꾸며__20

연어__21

어라연(魚羅淵)__23

폭포, 안개의 꿈__24

미명(未明)__25

연두 빛 능선 바라보기__26

백운소설(白雲小說)__27

처용의 봄__28

개나리가 피면 가슴이 시리다__29

새의 죽음__30

병풍바위__32

잉어빵 장수 부부__33

봄의 실루엣__34

둥지__35

풀잎__37

이사__38


**2부 아버지의 바다**

아버지의 바다__41

거울아, 거울아__43

미망(迷妄)__44

흰나비가 앉은 그 경계에는__45

하일서정(夏日抒情)__46

겨울 나무__47

닳아지는 살__48

몽마르뜨의 새__49

우림(雨林)__51

박명(薄明)__52

양자역학__53

바리케이트__54

양수리에서__56

겨울 설악__57

수선화__58

백두산__59

위드비 섬은 살아있다__60

왕푸징(王府井) 유감__62

애딘버러의 하늘__63

재스퍼의 록키__65


## 3부  당신에게


당신에게__69

노예들의 합창__71

다시 별을 노래하며__73

도미니크의 바다__74

벨라뎃다에게__75

겨울 궁전에서__77

흐린 바다__78

문밖에 서 있는 그대__80

다니엘書__81

식탁__83

돌에게__84

물을 길어 당신 앞에 붓고__85

모래시계__86

내 눈물이 주야로 내 음식이 되어__87

동지 팥죽__88

1월(아빕월)__89

힌놈의 골짜기__90

당신에게 이르는 길__91

십자가 밑에서__92

정오의 시__94


■ 해설


사랑의 힘으로 부르는 "귀환의 노래" / 유성호__95

# 1부 새우의 겨울

# 새우의 겨울

이 투명함으로 겨울을 나기에는
껍질이 너무 얇다
소금을 잘 뿌려, 구워진 살점아
푸른 바다를 등진 지 오래구나
안개비에 눈을 씻으며
촉수를 세운 수조 속의 유형(流刑)
포화에 등이 굽은 채
꿈속에서 헤어진 깃발이 나부끼고
갈라진 등과 손톱 사이로 다시
밀물처럼 스며드는 냉기, 부두에
꽃잎처럼 내리는 진눈깨비
펄펄 쏟아져라. 가난한 넋들아
훨훨 날아다니는 회색의 바다
충혈된 혀들이 모여드는 겨울 저녁
그대들의 요기를 채우기에
충분한 단백질, 내 영혼의
까맣게 타들어가는 꼬리를 잡고
뜯어먹어라 맛있게
씹어먹어라 꼭꼭
풍성한 그대들의 식욕을 늘 예비하였나니

살진 속살 속속들이 핥아라
이 불투명한 어둠을 모두 비우리라

# 질량 불변의 법칙

겨울 산에 오르면 세상을 벗은 지 오랜 나무들이 모여 있다. 굵어진 밑둥과 허리는 시린 바람에 거뭇거뭇 살이 터지고 꼭대기에는 잔가지들이 기우는 햇빛에 따라 출렁거린다. 푸른 물기를 거둔 지 오랜 나뭇잎들, 사각사각 사방으로 흩어져 흙을 감싸 몸을 섞는다. 적갈색 숨결이 뿜어내는 싱그러운 체취에 몸 속 깊이 숲이 빨려든다. 낡은 살들은 목숨을 늘이기 위해 외로움을 거듭 못박았을까? 땅에 묻어버리거나 하늘에 불살라버릴 수 없는 꿈에 겨운 새들. 날이 저물자 숲 바깥에 또 다른 둥지가 떠오르고 새들이 하늘 한가운데로 무리 짓는다. 새들이 높이 날수록 몸 속에 뿌리내리는 황홀한 어둠, 그 곁을 소리 없이 흘러가는 그대의 강.

# 겨울꽃

갈대의 허리가 무너져 내린다. 서걱이며 무릎을 꺾는 바람에 햇살도 빈들을 떠나고 집을 잃은 사람들은 맨발로 쓸쓸한 저자를 기웃거린다. 땅바닥에 쪼그려 앉아 진흙 범벅된 밥알을 줍는 아이들. 붉은 벌판에는 먼 항해를 꿈꾸는 비닐 돛들이 펄럭이고, 숨길 끊어진 몸들이 이따금 볏짚에 싸여 흐린 문을 나선다. 죽은 사람은 죽인 사람. 마른 기침 소리 들녘 어디론가 잦아들고 허기진 눈빛들이 어둠 속에서 서성이며 두리번거린다. 끝내 강을 건너지 못한 소리, 멀리 사람 부르는 소리 끊어지면 하늘에 자욱이 피어오르는 검은 안개. 갈대가 송두리째 무너진다.

# 광장에서 너를 기다리며

너를 기다리는 겨울 저녁은 해가 짧다. 어디선가 끊임없이 모여드는 낯선 사람들, 길이 트인 곳으로 바람이 불고, 아주 오래 전부터 약속한 듯 스스럼없이 제 길을 찾아가는 시간들. 발자국들은 도대체 어느 골짜기에서 오는 것일까? 어울린 목소리들은 또 어디로 사라지는 것일까? 이름을 묻지 않고 몰려다니는 바람의 눈빛들이 여전히 푸르다. 문득 어릴 때, 눈만 뜨면 너와 놀던 동네 골목길이 생각난다. 예닐곱의 유월 아침, 꿈에 이끌리듯 문밖을 나와서 한길 건너 솜틀집 수영이네 좁은 골목을 꼬불꼬불 돌면 들리기 시작하는 통통 방아 소리. 사람이 살지 않는 그 집 커다란 아치에 함초롬히 매달린 보랏빛 나팔꽃과, 그 옆에 허리가 긴 진분홍 분꽃. 한참 쪼그리고 앉아 있는 소년이 보이고 작은 숨소리도 들린다. 순한 아침 햇살에 맑은 물방울을 달고 있는 나팔꽃 머리 위에는 둥글고 서늘한 하늘이 빼꼼히 열려 있었지. 이미 어둠이 밝음에게 굽은 길을 되묻고 있는데, 왜 그 둥근 하늘이 사뭇 그리운 지, 너도 그렇니?

# 둥지를 꿈꾸며

5월 화창한 오후, 누구나 가난한 집이었지만
모란의 탐스러운 꽃잎에 취한 우리에게
도서관 유리창으로 밀려온 서해의 진홍빛 노을
오래된 친구처럼 서 있는 느티나무를 끼고 돌면
처녀의 체취를 짙게 풍기는 라일락 꽃잎이
열일곱의 사내들을 관능의 숲에 빠져들게 하고
주체할 수 없이 물오르는 다리의 통증을 풀기 위해
캄캄한 어둠 속에 죄 없는 농구공만 닦달하는 종태의
땀으로 범벅된 속살의 갈증, 사이다처럼 마신 별빛
둥지 너머 담배를 문 군인 아저씨보다 국어 선생
코보의 시 '기림'이 더 어울리는 자유공원
만경비단에 수놓은 작약, 영종, 영홍, 선재, 용유…
노을에 끝없이 피어나는 서해의 작은 섬들
뒤뚱거리는 오리들의 걸음마를 연상시키는
연주곡 '산길을 걸으며'를 들으며
늦은 도시락을 까먹고 들른 도서관 음악 까페에서
대머리, 용두코, 고릴라 선생들을 깔깔대던
그 노란 주둥이들이 다시 5월의 유리창을 부비고 있다

# 연어

텔레비전 아침 프로에 나온 중년의 미국 여인
비행기를 타고 온 이는 순이가 아니다.

'나의 살던 고향은 꽃피는 산골'

눈이 파란 양어머니의 목울대를 따라
먼바다를 거슬러오는 나즈막한 소리
여린 지느러미가 칠흑 어둠 속에서 꿈틀대며
우물에 갇혀 돌아갈 수 없는 수직의 긴 터널
낯선 품에 안겨 밤마다 몸을 틀며 잠을 설치고
남대천 개울에 쏟아지는 맑디맑은 햇살의 환영
날렵하게 달아나는 치어의 유영이 끝간 데를 따라
꼼지락거리는 발가락으로 검푸른 바다를
밀고 밀리면서 다 자란 대어, 내버린 순이
다시 은빛 알루미늄의 요람에 실리는 빠알간 손
떠밀어 보내는 그 어머니의 어두운 등에 기대
나즉히 읊조리는 노래

'나의 살던 고향은 꽃피는 산골'

맹목으로 흘러간 시간과 되살아나는 고통의 여정
두려움을 잃은 바다에서 거듭되는 살벌한 방생
내버린 순이는 돌아오지 못한다.
다 자란 몸이 남대천을 꿈꾸지 못한다.

수천 갈래로 해어진, 달빛에 젖는 지느러미
끊임없이 동냥 떠나는 몸짓으로 자란 이름,
순이는 이 세상 어디에도 존재하지 않는다.

'나의 살던 고향은 꽃피는 산골'

텔레비전 아침 프로에 나온 중년의 미국 여인
남대천에 올라온 것은 그 연어가 아니다.

# 어라연(魚羅淵)


푸른 숲에 기대
저물어 가는 빛살들

상류의 물굽이마다
수달 · 비오리 · 원앙

등줄기 시원스럽게
물길을 갈라놓고

동굴을 넘나들며
코에 묻어나는 흙

가슴 찌르르 울리는
짙은 숲 속의 향기

구절양장 아라리
산자락이 저절로 취하네

아라리 아라리 아라리요

# 폭포, 안개의 꿈


언제, 어디에선가
우리의 사랑이 처음 만나
스스로 돌부리를 적시고
잎 피는 소리에 취해 부끄러워
속살 감추고 파르르 떠는 눈빛
끓는 그리움, 못내
무릎 세워 쏟아지는 폭포
거센 물결 안으로 새기며
스치는 대숲 바람에
깊이 모를 슬픔 내려놓으면
골 안에 자욱이 피는 물안개
수천 개의 시내를 세상에 풀고,
그대의 젖은 목소리, 홀로
하늘 수직 절벽을 오르는
그 어디쯤에선가
우리의 희디흰 사랑이
한올로 이어질 것을 믿는다.

# 미명(未明)


거칠어진 숨길을 고르며
숲이 다시 몸을 추스른다

마디마디에 맺힌 이슬이
피 흘리며 돌아오는 노고와
스스럼없이 살 속에 새겨지는
묵은 황홀과 고통을 씻고

찢긴 팔을 하늘에 올린 나무들
겨드랑이를 스치는 바람에게
잠시 고개를 틀어, 새 어둠의
벼랑에 목숨을 늘어뜨린 잎새

그 잎들이 펼쳐놓은 그늘을
나비 한 마리 가볍게 날아든다

# 연두 빛 능선 바라보기

붓기가 빠지지 않는다
젊은 시절 세 시간씩 주무시고
무릎 관절이 닳고닳아
매운 파를 짓이기고 초를 섞어
환부에 바르던 어머니
끝내는 만성신부전증으로
네 시간씩 혈액을 투석하다가
염습을 위해 누워 계신 자리
세상에 남은 장성한 아이들에게
눈감은 채 마지막으로 보이신 몸
더 이상 통증에 시달리지 않을
잠이 아닌 영원한 침묵의 입술
무릎 앞에서 거듭 쳇바퀴 도는
나의 배척에 대한 질책과
후회에 대한 용서를 스스로의
고통으로 다스리던 어머니
붓기가 빠지지 않는다

# 백운소설(白雲小說)

　11월의 눈발이 창살을 빗기자 백운소설 한 대목 가슴을
휘젓는다.
　부모님을 여읜 자책에 곡기를 끊고 미음조차 황망해
　멀건 물만 들이키길 꼬박 삼 년. 시름시름 시든 목숨 셀
수도 없었다.
　오죽하면 부모가 생전에 시묘살이를 간곡히 만류하고 세
상을 떴을까.
　고려인이 유난히 반포조만 읊조린다고 누가 탓할 수 있
으랴.
　중국에서 난 道를 조선 사람이 오히려 더 잘 지킨다고 누
가 비아냥거릴 수 있으랴.
　조실부모한 친구, 삼 년 걸러 부모상을 치른 내게 '늙은
고아가 되었네, 그려.'
　씁쓸히 웃으며 위로하던 소리 자꾸 귀에 윙윙거리고
　노원 마을의 구순 할머니 5만 원짜리 월세방에 홀로 누워
겨울 채비하는데.
　시작도 끝도 없이 떠도는 남루한 영혼 몇 조각 눈에 떨고
있다.

# 처용의 봄

어제는 종일 가랑비 내려
임해전(臨海殿) 추녀를 적시고
동해의 푸른 물길 끌어들이더니
오늘 아침 드디어, 검푸른 얼굴로
머리에 꽃을 꽂고 휘두르는 한삼 자락
천지에 한아름 햇살을 터뜨리고 섰구나

처용아, 맑게 씻은 얼굴로
부릅뜬 짙은 눈썹으로
다시 자리에 들어 보라
세상이 가난할수록 소리없이
소생(蘇生)하는 벚나무의 흰 살결과
안압지(雁鴨池) 흐르는 물결 위에
문무대왕, 4월의 꿈이 다시 퍼득인다

마을 입구마다, 활짝
솟을대문 모두 열고,
여인의 정갈한 손길로
차려 놓은 조촐한 이 상을 받아
그대의 가난한 노래를 부르라
푸짐한 춤 한 자락 새벌에 풀어라

# 개나리가 피면 가슴이 시리다

얼음꽃이 적갈색 어둠 속으로 홀연히 사라지면
녹슬어버린 봄의 톱날 아래 목을 늘어뜨린 해
막을 자주 내리며 부질없이 노을에 물든 것은
죽음 앞에 맹목으로 남아 있는 자책이 아니다.
이름표를 달아 아무렇게나 서둘러 삽질해버린
샛노란 꽃잎들이 꼬물꼬물 피어나기 때문이다.
고통은 망각의 구름 뒤에 숨어 시치미를 떼고
빈 시간을 지키며 오명에 시달리는 땅의 오욕
오래도록 누린 연기만 빈 하늘에 풀풀 날리는데
허리의 통증으로 불면에 시달리는 겨울을 지나
말 잃은 촛불들이 점점이 슬픔을 머리에 인 채
하염없이 흔들리며, 떠나는 침묵의 발가락들과
유형의 끝없는 어둠으로 쓸려 거세지는 봄물결
바다의 경계에는 남루의 깃발 간간이 나부끼고
이웃에게 등 떠밀리는 애잔한 눈망울들, 그러나
먼나라 물고기는 느릿느릿 지느러미를 휘젓는다.
돌아오지 않는다는 이유로 거듭되는 낡은 이별과
봄의 허허로운 웃음이 뿜어내는 안개의 현기증에
언 가지마다 여린 잎 앞다퉈 촘촘히 띠를 잇는 꽃
개나리가 피면 가슴이 시리다.

# 새의 죽음
― 고 박종철을 애도하며


이제 우리에게
더 이상 아침이 허락되지 않는다
도심의 창문마다 검은 천이 드리워지고
간간이 들려오는 조곡
분수는 시린 입술을 굳게 다물고
광장에는 하얀 어둠이 소리없이
빈 시간들을 냉각시킨다.


하늘을 선회하는 것은
피를 토하지도 못하고 죽은
너의 응어리진 넋인가
플라자호텔의 난간에 걸린
이름 모를 깃발들 만장처럼 휘날리고


늙은 청소부는 눅눅히 젖은
겨울 낙엽을 긁어모으며
콜록콜록 잦은 기침을 하는데
일상을 시작하기엔 너무 이른 시간
시계탑 위의 전자 현광판도
낮빛이 창백하다.

어디선가
요란한 경적을 울리며 달려오는 순찰차
작은 산새 한 마리의 역사(轢死)
휴지처럼 광장에 나뒹굴고 있다.

# 병풍바위

당나라 장수 소정방이 손가락으로 그렸다는 장군이 연꽃을 밟고 무연히 서 있다. 참, 인천의 만국 공원에도 담뱃대를 입에 문 구리 장군이 서 있지. 저 아래 들판에 수없이 죽은 백제군사의 피비린내가 오랫동안 가시지 않았단다. 그래서인지 시냇가를 건너 솔이 우거진 언덕에 교회 하나 그림처럼 서 있다. 산자락의 소래국민학교는 어머니가 일본인에게 국어를 배운 곳이다. 불효하는 놈은 동헌에서 잡아다가 곤장을 쳤다고 껄껄 웃던 외할머니. 초가의 우물은 깊지 않았다. 우시장이 서면 웃어른은 뱀내 장터를 가고 새 글 배운 애들은 신천리를 간다고 했다. 뙤놈은 생전 세수를 않고, 일본인은 부지런하고 정직하며, 로스께는 신발도 벗지 않고 빵을 베고 잔다던 어머니. 달음질치던 귀 따가운 소리가 소래산 귓전에 묻어 있다. 공부를 더 못하고 인천 읍내로 시집 간 어머니의 결혼 사진에는 눈이 부어 있다. 서해 쪽으로 가뭇가뭇 소래 포구가 보이고, 저 포구를 따라 한나절 남쪽으로 내려가면 핏빛 노을이 지는 부안의 채석강까지 이어진다. 솔숲이 우거진 국립공원 내소사 경내엔 소리 없는 목어가 천년을 눈뜨고 잔다.

# 잉어빵 장수 부부

해만 기울면 어두운 아파트 길목에
어김없이 나타나는 잉어빵 장수 부부
"아파트 주민은 노점상을 원하지 않는다"
현수막이 창백한 얼굴로 펄럭이는 옆에서
언제 들이닥칠지 모르는 단속반 때문에
낡아빠진 탑차의 시동을 켜놓은 채
자주 큰길 쪽을 살피는 불안한 눈길과
어두운 촉등이 밤의 한기에 떨고 있는데
철판 위엔 빨간 떡볶이들이 뜨겁게 사랑하고
뒹구는 놈 하나 집어 들고 호호거리며
하교 길의 동네 아이들이 깔깔 웃는다
잉어빵이 맛있다는 말 한 마디에
한 마리를 성큼 얹어주는 아저씨의 손길이
이 세상을 녹이기에는 너무 안쓰럽다
부정한 돈을 차떼기로 싣는 정치인들의
발길이 어지럽고 손길이 두껍기 때문이다

# 봄의 실루엣

캄캄한 겨울바다 밑에서
수근거리는 푸른 댓잎

해빙의 목줄기를 올라와
흙을 갈아엎는 황톳길

송두리째 뽑히는 솔과
꽃순을 자르는 칼바람

산 허리에 도사린 채
봄을 가둔 잔설과

더럽혀진 땅의 골목을
이글거리는 햇살아

끊임없이 오욕을 수장하는
망각의 늪에서

하늘 가득히 핀 먹구름으로
쏟아내는 오열아

# 둥지

풀바람개비 돌리며 내달았던 낙섬의 긴 둑길과
갯지렁이를 잡으며 미끄럼 타던 검은 갯벌
수건을 머리에 두르고 종일 수차를 밟는 여인의
염전 너머 멀리 송도 하늘에 피어난 뭉게구름
바다에 간 것을 감추기 위해 목덜미 소금기를
씻어내던 독갑다리 골목의 몸 시린 우물과
우유 가루를 훔쳐먹다가 거꾸로 빠진 큰 통
모주 먹고 서로 무안히 바라보던 불콰한 얼굴
미군 쓰레기장에서 주워온 양철 딱지, 면도칼,
부러진 백묵과 연필, 병마개 뚜껑과 빽구슬
미군 꿀꿀이죽 냄새가 구수하던 창영학교 골목
풀방구리처럼 들락이던 용사회관의 개구멍과
서부활극을 구성지게 번안하던 변사의 목소리
야구 경기를 공짜로 보던 모모 산의 황토 언덕
숨바꼭질하던 대화정 로타리의 일본군 방공호
비둘기들이 날아들던 다니모도 집의 갈색 지붕
초콜릿과 껌을 얻어먹던 영국군 부대 철조망과
수인역에서 석탄을 져다 파는 피난민 아주머니
미군 세탁소에서 빨래를 하던 순성이 어머니와
목욕을 자주 하러온 늙은 양키 딸라 아주머니

의용군으로 사라진 외아들을 해거름에 기다리다
아침 일찍 단정히 머리를 빗던 청상의 큰어머니
푸른 머리카락을 꽁꽁 모아 버리던 가냘픈 손과
삯바느질로 손과 허리가 굽은 과수댁 작은 고모
고모부 병수발 빚 물림에 한의대를 포기하고
유리 가게를 시작한 퇴역 화학 장교인 고종형과
조막만한 손으로 거름지게를 줄곧 나르던 조카의
텃밭에는 여린 배추 잎사귀가 보릿고개를 넘기고
어느 날 쪽머리를 파마로 지져 낯설었던 어머니와
일본군의 징용을 피해 삼방으로 도피했다가 다시
육이오와 일사후퇴를 겪은 후 늑막염과 폐병으로
시달리면서 수년 동안을 나이드라짓드로 연명하던
주름살 짙었던 마흔 살의 갈색테 안경 속 아버지의
검은색 개털잠바를 입은 채 표정이 굳은 인천
숭의동 독갑다리에는 유년의 하늘이 눈뜨고 있다

# 풀잎

드러누워 세상 꿈꾸지 않고
푸름을 세워 어둠을 지킨다

모진 바람 모두 불러
가슴을 풀고
머리를 풀어
밤새도록 들끓는 사랑

쏟아지는 별빛의 하늘
쓸리는 바람과 살의 섞임

팔을 뻗어 사방으로
푸름을 나누고
흙과 얼음을 품어
울음을 오래 참는 풀

어둠 깊이 들수록
더 빛나는 눈
비바람 몰아올수록
더 짙어지는 입술
고개 숙이지 않는 절정
부서지는 죽음을 노래한다

# 이사

이 아파트에서 칠년을 살았다.
이사하자고 자꾸 보채는 나를
어린아이 달래듯 고개를 끄덕이는
아내에게 부끄럽고 민망스럽다.
아내는 이십 년이나 살아 주었다.

# 2부 아버지의 바다

# 아버지의 바다

숱한 달빛이 개펄에 쓰러지고
총성이 잦아든 지 오랜 바다

월미도 선홍빛 노을 자락에
선재, 영흥, 무위, 용유…
가뭇가뭇 꽃무리 이어
작약을 코끝에 둔 영종

거센 물살을 건너 인천에서
오십 년을 더 산, 아버지는 여전히
맨발로 호박잎 버석이는 겨울
운서리 마을 어귀를 머뭇거리고
모래 섞인 짠 개흙 냄새
여전히 풀풀거리는 넙디

불귀, 불여귀, 뼈를 뿌리고
갯둑에 소슬히 내리는 안개비
거센 바람에 허리를 내맡긴 섬
바닷새들이 날아와 머리 위에서
끼루룩, ……

작은 손에 꿈틀거리던
물고기들의 촉감도 사라지고
소리없이 어둠을 밀고 오는
밀물 소리에 쓸리는 별빛과
섬허리에 벗은 흰 조개껍질들
몸통 잃은 꽃게 다리 서넛
빈 그물을 물고 있다


* 일제의 수난과 6 · 25 전쟁을 겪은 여느 아버지처럼 삶의 굴곡이 많았던 아버지는 생전에 줄곧 선영이 있는 영종도에 묻히고 싶다고 하셨는데, 국제 공항이 들어서는 바람에 그 소망을 이루지 못했다.

# 거울아, 거울아


거울아, 거울아
철 지난 율려의 사슬과
마음이 지은 집을 벗어나
시냇물 가까이 흐르는 숲
풀잎 스치는 바람에 실어
반딧불이나 흐르는 외진 데로
토끼나 숨어들 작은 구멍의
소리 닿지 않는 어둠 속으로
푸른 꿈의 덫이 놓친 길 밖으로
비어 있는 비누 거품을 닦아
가볍게, 바람에 스치는 별빛이
흘깃 밤하늘을 흘기고 가듯
그렇게 외출하고 싶다
거울아, 거울아

# 미망(迷妄)


드문드문 비어있는 책상들
옆자리에는 검은 양복을 입은
키 큰 그가 권총을 입에 문 채
방아쇠를 당기라고 한다
그를 피해 다른 방으로 달아나자
총성이 들리지 않았는데
책상에 엎드려 피를 흘리는
그는 과연 누구일까
유리창문이 다닥다닥 붙은 벽
동네는 왜 모두 문이 닫히고
창문마다 불이 꺼져 있는 것일까
모자가 없는 그는 어디로 사라지고
왜 그의 부재를 궁금해하는 것일까

# 흰나비가 앉은 그 경계에는

더 이상 꽃이 피지 않는다
더 이상 비가 내리지 않는다

날개 접고
파르르 떠는 허리

젖은 물기
가시고

오롯이 앉아
꿈을 말리며

묻어나는
형형한 빛

# 하일서정(夏日抒情)

더위를 피해 교각 아래 비둘기들이 떼지어 앉아 있다 폭우 그친 여울에는 여전히 거센 물살이 거품을 문 채 날을 세워 질주하고. 구름들은 어디서 바람을 불러모아 비를 퍼붓는 것일까, 어디선가 스미는 비릿한 비 냄새. 또 한차례 쏟을 사랑 남았는가. 애완 동물처럼 다소곳이 엎드린 관목들이 일제히 귀를 쫑긋거리고, 연두 잎들이 서서히 입술을 내밀어 농염한 파동을 시작하면, 투명한 물 그늘 속에 꿈틀거리는 욕정을 시치미떼던 호수도 잠을 깬다. 그 음전한 얼굴 훌훌 벗어들고, 온몸을 틀고 허리를 뒤집어 격렬히 흘레하는 물. 가둔 사랑, 드디어 붉게 터져 흐른다

# 겨울 나무

푸른 별빛으로
밤새도록 머리를 빗고
아침, 정결한 햇살 받아
늘 윤기 흐르는 가슴과
눈꽃으로 피는 그대

훤칠한 다리로 하늘 떠받고
꿈꾸는 희디흰 살결,
안으로 새겨지는 하늘 무늬
아득한 절정의 출렁이는 물살
누가 잠재울 수 있을까

바람끼리 낮게 넘나들며
서로 깊이 끌어당기는 어두운 숲
공기의 부드러운 혀끝에서
온몸이 아득해지는 안개의 외출

한기를 녹이는 뜨거운 입술과
하늘로 흘러드는 짙은 점액질의
그 푸른 물굽이 어디쯤에서, 그대
가쁜 숨결 고르고 있을까.

# 닳아지는 살
— 아버님을 여의고


아침, 안개 걷힌 강물을 바라보라

어디 밤새 뒤척인 낯 보이는가

은빛 돋은 몸으로 도도히 흐를 뿐

# 몽마르뜨의 새

유뜨릴로의 좁은 골목을 끼고 올라가면
작은 언덕을 누르고 앉은 대리석 성전
흰 예수 혼자 높푸른 하늘을 지키고
돌계단에는 턱을 고인 행인 몇이 존다
햇살이 낮은 음계를 밟고 있는 파리
묘비석처럼 늘어선 시가지를 배경으로
시작과 끝이 없이 반복되는 판토마임,
사람 크기만한 보랏빛 알이 놓여지고
이제 막 기지개를 펴는 가난한 배우
보랏빛 옷을 입고 회칠로 분장한 광대는
표정없이 입을 다문 채, 가냘픈 어깨로
아주 느릿느릿 날갯짓을 반복하지만
점점 통증에 시달리는 몽롱한 새
돌계단에 동전 몇 닢이 뿌려지고
그의 남루한 기억이 하늘을 더듬는다
샹젤리제의 아이스크림 가게를 지나
개선문과 에펠탑을 몇 바퀴 돌고, 멀리
교외의 베르사이유궁, 말 탄 녹슨 장군과
쓸모없이 많은 궁녀의 화려한 방들
짧게 깎은 관상수를 세다가 싫증이 나

루브르의 피라밋 유리벽에 부딪치는 새
동굴 속에는 검은 옷의 모나리자와
목을 잃은 니케가 낮은 방을 투덜대고
오랜 불면과 외출을 수군거리는 미이라들
몽마르뜨의 하늘에는 새가 날지 않는다

# 우림(雨林)

　　이끼들이 나무들과 뒤얽혀 서로 분간할 수 없이 거대한 괴물의 실루엣만 보이는 숲 덩어리. 먹이사슬을 넘어, 산 것이 기어오르면 죽은 것이 빨아들이고 깊이도 모를 아득한 욕정으로 서로 엉기고 엉겨붙어 온통 푸름으로 녹아드는 시원의 숲에는 종일토록 비가 내린다. 촉촉이 내리는 비를 맞으며 이끼는 짐승들에게 할퀸 상처나 사람에게 밟힌 자국을 아주 조금씩 눈에 띄지 않게 도포하며 느릿느릿 기지개를 편다. 물안개가 걷히고 이따금 폐부 깊이 눈부신 햇살이 스며들면 묵시적 시위를 벌이며 약진하는 홀씨의 사랑. 산그늘에 싸라기처럼 드문드문 작은 몸을 도사리던 그 여린 눈빛이 어찌, 하늘을 찌를 듯 솟은 저 장대한 몸을 다 감싸 안을 수 있을까. 철철 흘러 넘치는 녹색의 폭포여! 이 땅의 주인은 더 이상 대서양을 건너온 백인도 토박이 인디언도 아니다. 녹슨 쇠발톱의 광기에 사람들이 스스로 삭아드는 동안 점점이 불어난 작은 이끼들이 푸른 무릎으로 기어와 땅의 한 귀퉁이에 입을 맞추고 있다.


　　*우림(雨林) : 워싱턴주에 있는 올림픽 반도의 온대 우림(Rain Forest)은 미국 서북부의 오염되지 않은 원시림의 하나로 자연 생태계 보존 공원이다.

# 박명(薄明)


끊임없이 유예되는 모래언덕에서
불볕을 유랑하는 유목민처럼
타들어가는 발바닥과 갈증으로
무거워진 구름 모자를 벗고
잠시, 머리를 식히면서
귀환의 노래를 자주 읊조리는
우리는 숲에서 멀리 떠나와 있네
보이지 않는 별을 짊어지고

# 양자역학

데리다의 타원을 보다
신발끈을 매고
태극 도상을 들여다보면
누천년 비바람에 깎여
희미해진 비, 새로 지은 집에서
양수 속의 아이 여전히 잘 놀고
나들이하는 별 여전히 잘 놀고
아이가 별에게 눈짓하면
별이 아이에게 손짓하고
아로새길 이름도 없이
물과 불이 어깨동무하고
보이지 않는 배를 탄 것처럼
하늘을 가르면 또 열리는 바다
그 하늘 바다에 피고 지는 겹꽃

# 바리케이트
— 프란츠 카프카의 초상

아침 일찍 아버지가 개를 끌고
공원으로 산책을 나가면
그대는 무거운 이불을 걷어내고
주방에 있는 어머니한테 간다

창문으로 새어나오는 빛이 눈부셔
짜증을 내는 소년, 친절한 랍비의 딸은
결코 성가시지 않은 표정으로 다가와
따뜻한 우유를 한 잔 건네 준다.

짜르르 장벽을 타고 흐르는 흰 점액질
아무렇지 않은 듯, 일상이 꿈틀대는 아침
차거운 공기를 폐부 깊숙이 들이켜지만,
노동이 더럽혀진 대낮은 늘 지리하다

아무 일도 없었다는 듯, 햇살이 비끼고
누구의 기다림도 아랑곳하지 않은 채
그대는 하루를 빈 가지에 걸어놓고
홀로 깨금질하며 시간을 맴돌 뿐이다.

귀가를 서두르는 친절한 독일인이
"착한 유태인 아이야, 집에 안 가니?"
되물어도 결코 돌아보지 않는 미소년
외로운 놀이를 기꺼워하는 어두운 시계

세상의 바퀴는 구멍 뚫린 필름처럼 목이
잘린 채 스스로 돌고, 점점 더 빨리 돌고
눈이 유난히 큰 젊은 유태인의 바리케이트,
흑백 사진 한 장이 책상 위에 놓여 있다

# 양수리에서

안개는 오래 깃들이지 않네
잠시 젖은 머리를 풀어
묵은 세상의 손과 발을 씻어주고
새 빛이 스며들 자리를 비우네

연둣빛 잎들이 요란히 입술 부비는
여름일기의 무성한 갈피를 벗고,
소슬한 바람에 눈시울 말리면서
굵은 밑둥에 새겨진 상처투성이로
오랜 침묵을 기른 검은 토루소

잔가지 끝마다 이승을 하직하는
물방울의 아주 작고 여린 눈빛들
소리없이 강물 곁으로 사라지고
그리움을 송두리째 뽑은 채소밭도
길게 드러누워 겨울 채비를 하는데

저 보이지 않는 깊이를 향해
쓸쓸히 먼 길 떠나는 너울이여!

# 겨울 설악

한 번 울고 간 새는 오지 않는다
제 길 잃고 흩어진 날개들이 모여들어
골짜기에는 다시 어둠이 내리고
허리까지 눈이 쌓이기 시작한다

그을린 흔적마저 빛이 바랜 채
순례를 끝낸 고사목의 기슭에
비낀 하늘을 지나는 빈 바람소리
귀를 찌르며 폐부를 파고든다

검푸른 바위를 흐르다
목숨을 굳힌 저 긴 물줄기
은하보다 맑게 빛나는 눈밭을
내려가는 길이 오히려 멀고 추운데

가을에 내린 잎이 머리 위에 내리고
두려운 것은 흙의 어둠이 아니다
푸르름 낳은 하늘이 뒤늦게
물어보는 내 말과 발의 자취이다

# 수선화

노란 네 작은 가슴으로
먼바다에서 불어오는
바람이란 바람을 모두 불러
몇 송이 해맑은 웃음으로 내려놓고
하늘을 자유롭게 너울거리는 너의
머리와 허리, 아주 가볍게
오롯한 꿈을 스스로 가늠하는
푸른 잎들의 강약조
어둠은 이미 머리 위에 있고
인적이 끊어진 높은 언덕에
드문드문 나타나는 별빛들
보이지 않는 곳을 바라며
노랗게 피어, 서 있는
네 몇 마디 말씀이 나는 좋다


* 시애틀의 조용한 리치몬드 해안을 굽어보는 언덕에 5월이면 늘 수선화
몇 다발이 핀다.

# 백두산

　　연길에서 송화강 줄기를 거슬러 남으로 남쪽으로 오르면 울창한 자작나무의 쪽 곧은 백리 숲길. 깊은 숲 속 간간히 가시나무 넘어지는 소리. 산에 등을 기댄 숲이 숨을 몰아 쉬자, 모두 무릎을 꿇은 만주벌의 흙바람. 이도백하, 맑은 물소리를 끼고 도는 산끝마을. 아침 햇살이 유난히 눈부신데, 산마루까지 시멘트 길을 밟고 올라가는 한족들. 장백산은 그들에게 명산일 뿐. 능선에 지천으로 피어있는 야생화의 성지에 소리없이 제 터를 지키는 작고 여린 눈망울. 잔뜩 찌푸린 하늘, 비바람이 나그네를 거세게 내몰고, 천지도 사납게 울부짖는다. 백두산은 귀청이 닳아버린 낡은 신화가 아니다. 무수한 별빛을 가슴에 묻은 채 만주벌을 굽어보며, 살아서 숨쉬고 있는 이 땅의 검붉은 어깨다.

# 위드비 섬은 살아있다

무킬티오 나루에서 페리를 타고 바다 건너
30분쯤 굽이돌아, 어느새 인적이 끊기고
파도소리만 찰싹거리는 위드비 섬

무리 지어 물결 이룬 노란 들꽃과
허리까지 자란 도톰한 고사리가 대를 흔드는
언덕을 넘어서면
푸른 하늘에 큰 눈을 치켜 뜨고 있는 바다

흰 포말에 밀리는 푸른 미역의 긴 줄기와
저마다 갯바위에 올라 햇빛에 등 말리는 김,
차가운 모래 갯벌 속에서 꿈틀대는
피조개, 말조개와 버터클램이 물 뿜는 소리

하늘과 이마를 맞대고 사는 바닷가
외딴집에는 은퇴한 소방수 크리스가 산다
소년처럼 맑은 눈을 지닌 키다리 어부 곁에는
아내와 딸 대신 검정개 베어가 꼬리를 흔들고

베어를 부르는 크리스의 나지막한 목소리

파도소리에 젖어 빛과 바람을 가르는 섬

집 뜨락에 조용히 쏟아지는 햇살에 핀 팬지,
나무 그늘 한쪽에 빈 낚시 그물이 졸고 있다.

# 왕푸징(王府井) 유감

자본주의 수레에는 바퀴가 없다. 바퀴가 없기 때문에 제 길이 없다. 고삐의 기억조차 잃어버린 광마와 보이지 않는 줄로 산 것들을 얽어매는 황금거미가 혼합 교배된 이종의 복제와 증식. 광포한 욕망은 아무데서나 줄을 걸어 당기고 발에 닿는 것마다 포식하며 짓밟아 버린다. 강호의 노래는 신화의 갈피로 사라진 지 오래다. 만만디를 사랑하던 중국인의 깊은 우물은 동판으로 입구가 봉해진 채, 달아오른 행인의 발길에 부지런히 밟힌다. 높은 빌딩과 네온 불빛이 화려한 왕푸징에는 중국인이 없다. 시끄러운 상인들과, 조잡한 잡화가 진열된 덩치 큰 슈퍼마켓과 번역이 조악한 책들로 가득 찬 대형서점. 확장된 골동가 유리창 골목에도 좋은 글씨와 그림이 사라졌다. 그 드넓은 땅에 빌딩이 높아갈 이유가 무엇인가?

# 애딘버러의 하늘

노란 유채꽃이 남북으로 띠를 잇는 고원
양떼들이 한가롭게 풀을 뜯는 산간을 지나
둥근 어깨로 하늘을 떠받치고 선 볼케노

화산 돌로 성벽을 높이 쌓아올린 왕궁과
뾰죽이 날을 세운 첨탑이 안개에 젖고
등이 굽은 능선을 가로지르는 포장 도로

집집마다 관목이 우거진 추운 날씨에
잉글랜드 연합군에게 패한 성주는
누워서도 주름살을 펴지 못하나 보다

성의 안내 군인이 동쪽 바다를 가리키며
약탈당한 스코틀랜드의 사연을
부릅뜬 눈과 격한 목소리로 울부짖는다

중세의 녹슨 철문에 부슬비 내리고
여왕의 행차에 장난감처럼 서 있는 근위병
뜨는 해를 모두 빼앗은 이 작고 슬픈 나라

버스가 굽이도는 산길 모퉁이에 서서
붉은 치마를 입고 백파이프를 부는 병사의
무릎 아래 은전 몇 닢이 나뒹굴어 있다

# 재스퍼의 록키

풀잎조차 살 수 없는 툰드라를 넘어
해발 이천 오백 미터 위에는 바위만 산다
헤아릴 수 없이 잇닿은 연봉, 이른바 록키
생명이 있는 것은 올라오지 못하는 곳
순백의 만년설과 순결한 빙원이 녹아
둥글게 깎아 놓은 에메랄드 호수는
황갈색 몸을 지닌 록키의 푸른 눈이다
그의 단단하고 깊은 가슴에서 나온
두터운 사랑이 콜롬비아 강을 흐른다
살아있는 사물은 숨쉬는 태를 보이고
빗긴 햇살에 늠름한 등허리가 빛나는
오직 침묵으로 세상을 가로지르는 록키
해넘이를 받아 제 빛 온전히 깔먹는 시간
소리없는 적막의 울림이 찬 공기를 가르는
이 높이에서 보이는 도시, 재스퍼는
한낱 인형들이 사는 작은 마을일뿐이다

# 3부 당신에게

# 당신에게
— 마태 일기


서성거리는 더위를 피해
빈 뜨락 한 모퉁이로
풀벌레들이 모여드는 시간
흩뿌려진 별들을 길들이며
다시 하늘이 깊어집니다

비스듬히 바깥문을 열어
못박힌 바람을 풀어놓은
푸른 눈빛과 부드러운 손길
울음이 마른 그 언덕 위에
닳아진 지문이 있습니다

지난 여름, 웃자란 나무들
발끝을 땅에 내리지 못하고
쓸쓸함에 몸을 내맡긴 채
가지치지 못한 말들이
오늘, 밤이슬에 젖는데

가시관은 보이지 않고
아득히 고통스러운 눈빛과

피땀 흐르는 당신의 이마
기울어 가는 계절의 어둠 속에
막다른 길을 묻고 섰습니다

# 노예들의 합창
― 한탄강에서


세월을 잃은 강 허리에 줄을 걸어


"우리가 바벨론의 여러 강변 거기 앉아서
시온을 기억하며 울었도다"


촉촉한 입술로 빛과 바람을 사랑하던
사람들, 마른 뼈로 누워 운 지 오랜 뒤
강 건너 이름 모를 풀잎 수없이 떠나고
철 이른 보리대궁 출렁이는 남쪽 들녘에


아직도 내 목줄을 사로잡은 자가
이 땅의 노래를 강제로 부르라네,
우리를 황폐케 한 땅에서 기쁨을 청하고
저를 위한 사랑을 내놓으라 하네


가슴살 깊이 저며들은 지 오래지만
저 녹슬어 낡아빠진 철삭이
나를 다시 욕되게 할 수 있으랴


몸을 잃은 가난한 소리들이

귀에 익은 바람의 무늬조차 잊을까
다른 한편에서 두려워 떨고 있느니

우리 기쁨의 끝이 궂은 여러 날 속에
사뭇 더 서러운 얼굴을 더듬을 것인데
어찌 내 혀가 입천장에 붙겠는가

강에서 온몸으로 수금을 켜는 물고기들이여!


* 인용 구절은 풍요 속의 탄식을 주제로 한 시편(137편 1～9)

# 다시 별을 노래하며

갈대 숲 우거진 강가
여울에 발목을 잠그면

차거운 물살 가르며
상류로 거슬러 오르는 피래미

등을 꼿꼿이 세운
살 속에 맑게 흐르는 피

기억하고 있을까
산정을 쓰는 거센 바람소리

귀기울이고 있을까
아득히 먼 별들의 뜨거운 손짓

다시 높디높은 소리로
깊은 강의 눈빛을 부르는 노래

바람에 스쳐
갈대들이 서로 몸을 부딪힌다.

# 도미니크의 바다

목숨을 벗어 놓은 바다
생사 길이 서로 빗기네
"살의 살을 돌려다오"
비를 부르고 당신은 침묵
"피의 피를 돌려다오"
외치는 소리 되돌아오는
벼랑의 아슬한 꼭대기
몇 송이 꽃잎이 떨고
죽음이 엎드린 바다를
선선히 밟고 간 도미니크
붉디붉은 빛으로 떠나는
그대, 죽음의 가벼운 여행
꽃잎 점점이 하늘에 뜨네


* 도미니크 : 1994년 여름 동해에서 물에 빠진 세 사람을 구하고 기진해서
생을 마감한 신부. 견우옹이 벼랑 끝에 핀 꽃을 따서 수로부인에게 바쳤다는
헌화가가 생각난다. 생명을 구하기 위해 생명을 벗은 신부의 넋을 기린다.

# 벨라뎃다에게

해거름
그대 강물에 누워 눈감으면
푸른 대숲에서 불어오는 하늬바람
햇빛, 희디 흰 속살 다 부서져 내려
일렁이는 가슴, 설레는 머릿결

폭포처럼 쏟아지고 싶어
쓰러지고 싶어 갈대처럼
아득한 별빛 그 너머까지
뜨거운 숨결로 다가가
맑디맑은 노래 들려주리

아! 우린 햇살 일렁이는
눈부신 잎새,
초여름날 숲 속의 바람처럼
서로를 한없이 쏘다니며
푸르디 푸른 강물 거슬러
아무도 닿지 못할 어느 기슭
산 속 깊은 그 어둠 끝까지 닿아
사랑 나누네

주어진 날 다할 때까지
그대 아픔과 외로움 모두
사랑하리 벨라뎃다
세상 끝간 데 어디서나
그대 눈빛과 목소리 길이
기억하리 벨라뎃다




* 벨라뎃다 : 18세기에 수녀로 살다가 34세에 세상을 떠난 프랑스의 聖女
이름.

# 겨울 궁전에서
— 이라크 침공에 부침

힘으로 악행을 일삼는 자마다
말을 불태워버리네

스스로 옷을 찢어 슬퍼하지 않고
스스로 속을 비워 반성하지 않고
거리마다 발작하는 광란의 불빛
어둠 속에 꿈틀거리는 붉은 혀

먼 골짜기에 쌓인 순백의 눈빛
바람처럼 나그네 입술에 묻어와
'냉정하라' 낭랑히 울리건만
책을 덮기도 전에 칼로 도려져
화롯불에 던져지는 귀여

귀를 베인 이 겨울 지나면
포성이 하늘을 누비고
시체는 버림을 받아서
낮에는 더위를
밤에는 추위를 더하리라

# 흐린 바다

육지의 끝에 어둠이 있듯이
바다의 끝에는 늘 바람이 불었지
이미 돌아갈 수 없는 어머니,
스산함과 냉기가 섞인 모래톱을 끌고
출렁거리는 물살을 거슬러
위태롭게 배를 띄우는 것은
나를 낳아 준 바다와
나를 점지한 하늘에게
이 땅에 오래도록 안식할 수 없음을
고백하는 작은 몸짓이려니
떠내려온 나무들이
아무렇게나 모래 벌에 누워
차가운 바람에 온몸을 말릴 때,
이따금 경중대며 달려가는 검정개의
허공을 짖어대는 목소리도 아랑곳 않고
찢긴 돛처럼 힘들게 책장을 넘기는
그는 세상과 바다와 하늘의 접점에서
침묵의 독서를,
이미 죽음의 술렁거림을
기꺼이 맞을 준비를 하는 것이려니

흐린 바다는 그 넓은 가슴의 출렁임으로
흐린 인생을 화답하는데, 하늘이 먼
나는 머리 둘 데 없다.

* 2001년 3월 13일 날씨가 몹시 흐리고 파도가 심한 시애틀 리치몬드 비
치의 모래 언덕, 바다에서 떠내려온 나무 등걸에 기대어 독서하던 중년의 미
국인을 회상하며

# 문밖에 서 있는 그대

세상의 열이 식을 줄 모르니
들끓는 몸 언제 벗어들고
그대 만나리

지난봄 내민 여린 잎들
앙상한 덩굴줄기 훌훌 털고
스스럼없이 길 떠나는데

돌아갈 길 물을 수도 없는
어둠이 어둠에게 길을 물어
닳아버린 문고리

안팎으로 흘러드는 곡성에
겨울비 밤새도록 내리고
문밖에 서 있는 그대

# 다니엘書

춥지 않은 겨울이 언제 있었으랴

가을이 깊어지면서 지은 죄의 낙엽들
온 나라를 풀풀 날아 앉고
성수대교가 가볍게 내려앉고
삼풍백화점이 종이처럼 찢어지고
전직 대통령의 몸이 쓰러지고

무너져라, 바벨론의 우상들

아침,
가족 예배에 반은 졸고 앉은
아들을 꾸짖으며
메네 메네

점심,
조절하는 식사처럼
격앙된 목소리를 가다듬고
메네 메네

저녁,
풀무 불에서 내려와
사자굴에서 돌아와
메네 메네

세상을 벗은 나무들이
무릎을 꿇고 겨울 하늘을 향해
두 손을 높이 치켜든다

# 식탁

사랑이 말이 아니란 것을 누가 모르랴
말이 사랑이 아니란 것도 누가 모르랴
손과 발이 없이 세상을 떠도는 말
천년이 지나고 또 천년이 지나도
네 얼굴과 이름을 보고 듣지 못하고
네 살 냄새와 숨소리를 느끼지 못하고
부시시 이른 아침을 홀로 차려 놓고
숟가락과 젓가락으로 더듬거리는 빈 식탁
내 반찬은 손발없는 율법처럼 풍성하나니
불의, 추악, 탐욕, 악의가 가득찬 접시와
시기, 살인, 분쟁, 사기, 악독이 가득한 그릇이
겹쳐진 자리를 서로 다투어 수군거리는데
배약의 오장을 다져넣을 무자비한 폭식으로
스스로 앉은 의자에 목을 매는 슬픈 형틀이여

# 돌에게

물고기를 그리던 이가
다시 주저앉아 내 이름을 쓰기 전에
네 오랜 침묵과 그 단단함의
높은 음자리를 더 노래하지 않으리
풀어놓은 사랑 굽굽이 흐르는 곳으로
가난한 발길을 부지런히 옮겨야 하리
하필, 심장을 닮은 그 어둠 한 조각
어찌 너를 머리맡에 두고 단잠 이루리

# 물을 길어 당신 앞에 붓고
— 테레사 수녀를 위한 헌시

바람은 스스로 길을 끊고
갈 길을 묻지 않네
여린 나뭇가지 흔들릴 때
쓸쓸해 하는 귀
세상으로부터 와서
세상 밖을 떠도는
보이지 않는 눈들아
눈물을 긷지 않고
눈물을 붓지 않고
스스로 구한 고통이 있는가
길 잃은 사랑 골목에 쭈그려
혼자 겨자씨 줍고 있네

# 모래시계

무너지지 않은 벽이 없듯
집을 찾은 사랑도 없네
보이는 것은 투명한 어둠과
들리는 것은 고달픈 소음뿐
구름에게 끝을 묻고, 되물어
다시, 길 떠나는 모래비
멈추지 않는 발자국의
그칠줄 모르는 잃음이여
홀로 남은 그리움이
닳아버린 신발을 벗어들고
문밖에서 떨고 있네

# 내 눈물이 주야로 내 음식이 되어

풀숲 바깥으로 빠져 나오면
황량한 사막의 떨기 바로 보이네

바람의 칼이 베어낸 모래언덕과
별빛만 길을 닦고 있는 어둠 속에서

어찌 원수의 감시와 압제 때문에
그대를 슬픈 얼굴로 다니게 할까

폭풍이 점점 더 사납게 몰아치고
주위를 에워싸는 불길의 분노

내 뼈를 거듭 찔러 비웃으며
낯을 가리지 않는 원수의 피잔치

내 눈물이 주야로 내 음식이 되어
고통이 닦아놓은 길 다시 떠나네


* 시편 42편을 읽고

# 동지 팥죽

팥죽이 왜 오랜 금기가 되었을까
끓는 충동으로 오랜 소망을 잃고
형제의 권리를 빼앗은 야망이여

세상의 미혹과 폭력이 다르지 않네
이웃을 속이고 흉기 지닌 몸으로
결코 압복강을 건너지 못하리

모든 소유와 혈육을 강 이쪽에 버리고
당신의 옷자락을 붙들고 늘어진 야곱이
순순히 빼앗지 못한 것은 무엇인가

동이 틀 때까지
밤새도록 싸워
당신을 넘어뜨린 자

거짓을 표적 삼고, 사랑을 인친 밤
엉덩이 뼈 하나를 부러뜨렸네
브니엘은 언제 다시 밝을 것인가

# 1월(아빕월)


캄캄한 골방에 들어가 문 잠그면
지나온 발굽을 헤아릴 수밖에

비위 좋은 가면과 분칠한 얼굴도
침묵의 강에 벗어 놓을 수밖에

뒤돌아보지 않기 위해
두꺼운 얼음을 깨고
손과 발 씻으며
뜨거운 눈물 쏟을 수밖에

셀 수 없는 혀의 징검다리
불과 물과 피로 제사 지낸 후
사람의 말을 찢은 그대

맨발로 호수를 건너가고
풍랑을 잠재운 그대

아빕월에는 '영원한 하루'
서곡을 외워야 하리

# 힌놈의 골짜기


밤늦도록 학원에 아들을 바친 아내가
아들의 불탄 외투자락을 쓸쓸히 꿰매는데


뉴스에는 어린 딸을 공항 대합실에 버린
여자가 황급히 달아나는 뒷모습이 보인다


도벳 사당을 스스로 지어 귀신 몰렉에게
어린 자식을 수없이 불태운 광란의 제사


얼마나 많은 아이들이 그 곳에서 죽었기에
'힌놈의 아들 골짜기' 라고 불리우는가


귀를 막고 입술에서 진실이 끊어진 사랑아
머리털을 베어 자산 위에서 호곡하리라


* 예루살렘 남서쪽에 있는 골짜기로서 우상숭배하는 사람들이 그의 자녀
들을 몰렉(鬼神)에게 불태워드린 지옥으로 저주시되어 온 곳이다. 예레미야
선지가 말하기를 이곳에 도벳 사당을 짓고 그 자녀를 수없이 불살랐으니 장
차 이곳을 도벳이나 힌놈의 아들 골짜기라 일컬을 날이 있으리라 했다.(렘 7
: 31)

# 당신에게 이르는 길

사마리아 여인을 만나서
남편 이름을 되묻고


"네 남편을 데려오라"


발자국을 부지런히 지우며
스스로 묻고, *끄덕끄덕*


가게 앞에서 친구와
종일 헛소문만 핥다가


"네 논쟁이 진저리친다"


집에 돌아와 보니
손 씻을 물이 없습니다

# 십자가 밑에서

무엇을 기도할 수 있나
어두워진 갈보리, 갈보리 언덕
비웃고 조롱하던 사람이 떠나고
피 흘린 갈증과, 외로운 입술로
엘리 엘리 라마 사박다니
세 여인도 소리 죽여 우는데

무엇을 기도할 수 있나
가장 가난한 곳에 태어나
가장 낮은 곳으로 이슬 내리듯
길 잃은 세상을 떠나는 젊은이
낡은 휘장이 찢긴 골짜기에
깊은 물이 넘쳐 흐르는데

무엇을 기도할 수 있나
매 순간 죽음을 선택한 그대
피땀 흐르는 이마로
고통을 물어 죽음 건너는
발 밑에 흘린 피 홍건한데
옷을 제비뽑기하던 사람

무엇을 기도할 수 있나
두려움과 불안에 사로잡혀
눈이 멀고 귀를 잃은 오늘
부끄러운 콧등을 문지르며
제 살과 뼈를 노예로 부르는
끊임없이 흔들리는 영혼아

# 정오의 시

하늘을 나는 은빛 비둘기
하얗게 교차되는 생명
무르익은 여름의 붉은 벽돌집
벽을 기어오르는 담쟁이덩굴이
벌이는 연둣빛 잎새의 향연
온몸에 쏟아지는 햇살
실핏줄에 흐르는 환희와
그대를 가늠한 눈빛이
자꾸 빛나가는 숲 그늘에
눈알을 깜박이는 새

* 1967년 3월 연세춘추에 게재한 시를 개작 하였음.

# 사랑의 힘으로 부르는 "귀환의 노래"


유 성 호
(문학평론가, 한국교원대 교수)


## 1. 성찰과 소통의 의지

서정시의 존재 의의는 우리의 기억 속에서 망각되거나 지워져 있던 것을 다시 환기하는 힘과 연결된다. 다시 말해 서정시는 미지의 것을 새롭게 창출하기보다는, 시간 속에 묻혀 있던 오래된 경험적 가치들을 새삼 드러내는 '기억'의 형식이다. 그 점에서 한 편의 서정시는 내부로부터의 '계시(revelation)'이며, 익숙한 것의 생소화(生疎化)와 생소한 것의 '점진적 명료화'(J. H. Wheelock)를 순환적으로 반복하는 시간 예술이다. 특별히 그 생소화가 창조적 상상력을 매개로 하여 새로운 충격으로 다가올 때, 우리는 그것을 이

채로운 '시적 경험'이라고 부를 수 있을 것이다. 그만큼 각별한 '시적 경험'은 '낯선 익숙함'을 향한 시적 주체의 성찰과 소통의 의지의 결과로 생겨나는 것이다.

이 같은 성찰과 소통을 가능케 하는 가장 결정적인 주인(主因)은 시적 주체가 갖는 명민한 언어 감각과 사물 인식의 태도일 것이다. 또한 시적 주체가 세계와 적극 소통하려는 시적 욕망도 커다란 몫을 갖는다. 그 점에서 이영섭(李榮燮) 시인이 펴내는 첫 시집 『새우의 겨울』은 이 같은 성찰과 소통의 의지로 잘 채워져 있는 성과라 할 것이다. 지천명을 훨씬 넘긴 시점에서 오래된 시적 욕망을 다스리고 갈무리하여 펴내는 그의 첫 시집은 잘 다듬어진 언어 감각, 시간과 사물에 대한 점착성의 욕망, 그리고 세계 속에 자신을 투명하게 개진하려는 정직성으로 짜여져 있다.

특별히 우리 시대의 서정시가 회복해야 할 태도가 이 같은 성찰과 고백 그리고 정직성이라는 점에서, 이영섭 시인의 '낯선 익숙함'의 세계는, 우리가 분주한 일상 속에서 망각하고 지워놓은 이 같은 가치들에 대한 새삼스런 성찰과 소통의 의지로 우리에게 다가오고 있다고 할 수 있다. 그가 오랜 세월을 걸러 세상에 드러내는 그 가치란, 자신의 기억 속에 존재하는 유년의 서사, 대상을 향한 열정적인 사랑의 형식, 신성 지향의 종교적 상상력에서 비롯되고 있다. 이제 그 세계를 하나하나 경험해 보자.

## 2. 기억 속에 존재하는 유년의 서사

사실 우리의 근대사는 우리로 하여금 몸 안팎의 폐허를
경험케 하였다. 성장 제일주의와 물신 숭배로 대표되는 근
대의 가혹한 흐름 때문에 우리는 빠르고 새로운 것을 찾아
다니면서 정작 중요한 우리 몸 속의 기억과 흔적을 잃어버
렸다. 켜켜이 쌓인 시간의 깊이를 헤아리지 못하고 시간의
속도만을 중시했던 것이다. 물론 그 폐허는 다름아닌 '시간
의 혹사(酷使)' 때문에 생겨난 것이다.

이영섭 시인은 이번 시집에서 이처럼 절정에 와 있는 우
리 시대의 속도 감각을 뒤로 미루고, 오랜 시간을 역류(逆
流)하여 '깊이'의 문제를 탐색해 들어간다. "저 보이지 않는
깊이를 향해/쓸쓸히 먼 길 떠나는 너울"(「양수리에서」)처럼
그는 지나온 시간에 대한 근원적 기억의 여정을 보여주고
있는 것이다. 그 '기억'이 그의 시를 끌고 가는 제일의 원천
임은 매우 분명해 보인다.

숱한 달빛이 개펄에 쓰러지고/총성이 잦아든 지 오랜
바다//월미도 선홍빛 노을 자락에/선재, 영흥, 무위, 용
유…/가뭇가뭇 꽃무리 이어/작약을 코끝에 둔 영종//거센
물살을 건너 인천에서/오십 년을 더 산, 아버지는 여전히/
맨발로 호박잎 버석이는 겨울/운서리 마을 어귀를 머뭇거
리고/모래 섞인 짠 개흙 냄새/여전히 풀풀거리는 넙디//불
귀, 불여귀, 뼈를 뿌리고/갯둑에 소슬히 내리는 안개비/거

센 바람에 허리를 내맡긴 섬/바닷새들이 날아와 머리 위에
서/끼루룩, ……//작은 손에 꿈틀거리던/물고기들의 촉감
도 사라지고/소리없이 어둠을 밀고 오는/밀물 소리에 쓸리
는 별빛과/섬허리에 벗은 흰 조개껍질들/몸통 잃은 꽃게
다리 서넛/빈 그물을 물고 있다

—「아버지의 바다」 전문

모든 '기억'은 주체의 욕망과 삶의 방식에 의해 선택-배
제되면서 재구성되는 어떤 것이다. 그래서 그것은 사실적
재구(再構)의 형식을 띠지 않고, '지금 여기'에서 생을 바라
보는 주체의 욕망에 의해 변형되고 현재화된다. 지금 시인
이 기억하고 있는 "아버지의 바다"는 "숱한 달빛이 개펄에
쓰러지고/총성이 잦아든 지 오랜 바다"이다. 그 쓰러지던
달빛과 빗발치던 총성은 시인으로 하여금 참혹한 상실과 폐
허의 이미지로 "아버지의 바다"를 기억하게끔 하고 있다.
또한 그 '바다'는 "거센 물살을 건너 인천에서/오십 년을 더
산, 아버지"가 "여전히/맨발로 호박잎 버석이는 겨울/운서
리 마을 어귀를 머뭇거리"는 곳이고, "불귀, 불여귀, 뼈를
뿌리고/갯둑에 소슬히 내리는 안개비"로 가득한 곳이기도
하다.
　나아가 "작은 손에 꿈틀거리던/물고기들의 촉감도 사라
지고/소리없이 어둠을 밀고 오는/밀물 소리에 쓸리는 별빛
과/섬허리에 벗은 흰 조개껍질들/몸통 잃은 꽃게 다리 서넛
/빈 그물을 물고 있다"는 흔연한 폐허의 이미지는, 바다의

기억과 함께 쓸려간 아버지의 부재(不在)를 일러주는 동시에, 그 아버지를 힘겹게 기억하고자 하는 시인의 시적 욕망을 이중적으로 담고 있다. 이처럼 "아침, 안개 걷힌 강물을 바라보라//어디 밤새 뒤척인 낯 보이는가//은빛 돋은 몸으로 도도히 흐를 뿐"(「닳아지는 살 – 아버님을 여의고」)으로 기억되는 아버지는 시인의 생애를 그 근원에서부터 깊이 잡아 붙들고 있다.

그러한 시인의 기억은 「병풍바위」에서는 "산자락의 소래 국민학교는 어머니가 일본인에게 국어를 배운 곳이다. (…) 뙤놈은 생전 세수를 않고, 일본인은 부지런하고 정직하며, 로스께는 신발도 벗지 않고 빵을 베고 잔다던 어머니. 달음질치던 귀 따가운 소리가 소래산 귓전에 묻어 있다. 공부를 더 못하고 인천 읍내로 시집간 어머니의 결혼 사진에는 눈이 부어 있다."(「병풍바위」)면서, 고단하게 살다 가신 어머니를 향하고 있기도 하다. 결국 이 같은 시인의 남다른 기억이 원초적으로 향하고 있는 곳은, 공간적으로는 그의 고향 인천 포구이고 시간적으로는 그의 유년 시절이 된다.

5월 화창한 오후, 누구나 가난한 집이었지만/모란의 탐스러운 꽃잎에 취한 우리에게/도서관 유리창으로 밀려온 서해의 진홍빛 노을/오래된 친구처럼 서 있는 느티나무를 끼고 돌면/처녀의 체취를 짙게 풍기는 라일락 꽃잎이/열일곱의 사내들을 관능의 숲에 빠져들게 하고/주체할 수 없이 물오르는 다리의 통증을 풀기 위해/캄캄한 어둠 속에 죄

없는 농구공만 닦달하는 종태의/땀으로 범벅된 속살의 갈
증, 사이다처럼 마신 별빛/둥지 너머 담배를 문 군인 아저
씨보다 국어 선생/코보의 시 '기림'이 더 어울리는 자유공
원/만경비단에 수놓은 작약, 영종, 영흥, 선재, 용유…/노
을에 끝없이 피어나는 서해의 작은 섬들/뒤뚱거리는 오리
들의 걸음마를 연상시키는/연주곡 '산길을 걸으며'를 들
으며/늦은 도시락을 까먹고 들른 도서관 음악 까페에서/대
머리, 용두코, 고릴라 선생들을 깔깔대던/그 노란 주둥이
들이 다시 5월의 유리창을 부비고 있다

—「둥지를 꿈꾸며」 전문

우리는 이 시편 안에 시인의 성장사와 관련된 오랜 시간
이 눅눅하게 쌓여 있다는 것을 쉽게 느낄 수 있다. 거기에는
"오래된 친구처럼 서 있는 느티나무를 끼고 돌면/처녀의 체
취를 짙게 풍기는 라일락 꽃잎이/열일곱의 사내들을 관능의
숲에 빠져들게" 했던 시간과 "주체할 수 없이 물오르는 다
리의 통증을 풀기 위해/캄캄한 어둠 속에 죄 없는 농구공만
닦달하는 종태의/땀으로 범벅된 속살의 갈증, 사이다처럼
마신 별빛"이 선명하게 들어 있다. 더구나 "둥지 너머 담배
를 문 군인 아저씨보다 국어 선생/코보의 시 '기림'이 더 어
울리는 자유공원"과 "만경비단에 수놓은 작약, 영종, 영흥,
선재, 용유…" 등 "노을에 끝없이 피어나는 서해의 작은 섬
들"이 시인의 기억을 온통 휘감고 있기까지 하다. 한결같이
"늦은 도시락을 까먹고 들른 도서관 음악 까페에서/대머리,

용두코, 고릴라 선생들을 깔깔대던/그 노란 주둥이들"에 대한 선명한 기억이 그의 시적 밑둥을 튼튼하게 구성하고 있는 것이다. 그 시적 태반(胎盤)을 일러 시인은 자신의 "둥지"였다고 고백하고 있다.

이처럼 지나온 시공간을 "둥지"로 표현하는 시인의 비유는, "낙섬의 긴 둑길/검은 갯벌/송도 하늘에 피어난 뭉게구름/우물/미군 쓰레기장에서 주워온 양철 딱지, 면도칼,/부러진 백묵과 연필, 병마개 뚜껑과 빽구슬/미군 꿀꿀이죽 냄새가 구수하던 창영학교 골목/개구멍/변사의 목소리/황토 언덕/일본군 방공호"(「둥지」) 등 한없는 유년의 세목으로 이어지기도 하고, "피난민 아주머니/순성이 어머니/늙은 양키 딸라 아주머니/청상의 큰어머니/과수댁 작은 고모/고종형/조카/어머니/아버지"의 "검은색 개털잠바를 입은 채 표정이 굳은 인천"(「둥지」)으로 시선을 옮기기도 한다. 모두 전쟁과 가난이 스치고 간 불행하고도 참담한 가족 서사가 시인의 기억 속에 담겨 있는 것이다.

결국 시인은 이 시집에서 "예닐곱의 유월 아침, 꿈에 이끌리듯 문밖을 나와서 한길 건너 솜틀집 수영이네 좁은 골목을 꼬불꼬불 돌면 들리기 시작하는 통통 방아 소리. 사람이 살지 않는 그 집 커다란 아치에 함초롬히 매달린 보랏빛 나팔꽃과, 그 옆에 허리가 긴 진분홍 분꽃. 한참 쪼그리고 앉아 있는 소년이 보이고 작은 숨소리도 들린다. 순한 아침 햇살에 맑은 물방울을 달고 있는 나팔꽃 머리 위에는 둥글고 서늘한 하늘이 빼꼼히 열려 있었지. 이미 어둠이 밝음에게 굽은 길을 되묻고 있는데, 왜 그 둥근 하늘이 사뭇 그리운 지, 너도 그렇니?"(?광장에서 너를 기다리며?)처럼, 궁극적으로 자신의 기억 속에 존재하는 유년과 고향의 서사를 통해 자신의 시적 발생론과 근원적 수원(水源)을 탐색하고 있다. 이것이 이번 시집에서 시인이 정성스레 언어로 되살려놓은, 삶의 종요로운 첫 풍경이다.


## 3. 사랑과 관능의 형식

이번 시집에서 이영섭 시인이 공들이고 있는 또 하나의 시적 형상은 '사랑'의 이미지이다. 그것이 종교적인 차원의 것이든, 가장 사적(私的)인 차원의 것이든, 그의 시에는 대상을 향한 농밀하고도 아름다운 사랑의 힘이 담겨 있다. 하지만 그것은 나긋나긋한 친화력이나 순수한 정신적 애정에서 발원하는 것이 아니라, 이를테면 "먹이사슬을 넘어, 산 것이 기어오르면 죽은 것이 빨아들이고 깊이도 모를 아득한 욕정으로 서로 엉기고 엉겨붙어 온통 푸름으로 녹아드는 시원의 숲"(「우림(雨林)」)에서 보이는 것처럼 일종의 관능성에 가까운 강렬한 어떤 것이다.

푸른 별빛으로/밤새도록 머리를 빗고/아침, 정결한 햇살 받아/늘 윤기 흐르는 가슴과/눈꽃으로 피는 그대//훤칠한 다리로 하늘 떠받고/꿈꾸는 희디흰 살결,/안으로 새겨

지는 하늘 무늬/아득한 절정의 출렁이는 물살/누가 잠재울
수 있을까//바람끼리 낮게 넘나들며/서로 깊이 끌어당기
는 어두운 숲/공기의 부드러운 혀끝에서/온몸이 아득해지
는 안개의 외출//한기를 녹이는 뜨거운 입술과/하늘로 흘
러드는 짙은 점액질의/그 푸른 물굽이 어디쯤에서, 그대/
가쁜 숨결 고르고 있을까.

―「겨울 나무」 전문

　사랑이란 근본적으로 비논리성이나 배타성 또는 유아론
(唯我論)적 성격을 그 핵심적 속성으로 한다. 그런가 하면
존재 관념보다는 소유 관념에 집착하는 정서적 지향을 갖고
있기도 하다. 그러나 성숙한 사랑이란 자신의 통합성
(integrity)을 유지하는 조건 아래서 이루어지는 결합이기 때
문에, "둘이 하나가 되면서도 여전히 둘인 상태로 남아 있는
것"(프롬)이라는 역설을 성립시킨다. 따라서 살아 있는 생
명체로서의 존재 증명에 '사랑'보다 더 명료한 것은 없다.
이영섭 시인은 "푸른 별빛으로/밤새도록 머리를 빗고/아침,
정결한 햇살 받아/늘 윤기 흐르는 가슴과/눈꽃으로 피는 그
대"에 대한 가없는 사랑의 형식을 이 작품에 담음으로써, 시
인으로서의 존재 증명을 꾀하고 있다. 이는 그가 "바람끼리
낮게 넘나들며/서로 깊이 끌어당기는 어두운 숲/공기의 부
드러운 혀끝에서/온몸이 아득해지는 안개의 외출"을 바라
보면서 동시에 "한기를 녹이는 뜨거운 입술과/하늘로 흘러
드는 짙은 점액질의/그 푸른 물굽이 어디쯤에서, 그대/가쁜

숨결 고르고 있을까"라면서 에로스적 충일감으로서의 사랑
의 형식을 노래하는 데서 더 두드러진다.

　이 같은 그의 강렬한 감각은 "언제, 어디에선가/우리의
사랑이 처음 만나/스스로 돌부리를 적시고/잎 피는 소리에
취해 부끄러워/속살 감추고 파르르 떠는 눈빛/끓는 그리움,
못내/무릎 세워 쏟아지는 폭포/거센 물결 안으로 새기며/스
치는 대숲 바람에/깊이 모를 슬픔 내려놓으면/골 안에 자욱
이 피는 물안개/수천 개의 시내를 세상에 풀고,/그대의 젖
은 목소리, 홀로/하늘 수직 절벽을 오르는/그 어디쯤에선가
/우리의 희디흰 사랑이/한올로 이어질 것을 믿는다"(「폭포,
안개의 꿈」)라든가 "마디마디에 맺힌 이슬이/피 흘리며 돌
아오는 노고와/스스럼없이 살 속에 새겨지는/묵은 황홀과
고통을 씻고//찢긴 팔을 하늘에 올린 나무들/겨드랑이를 스
치는 바람에게/잠시 고개를 틀어, 새 어둠의/벼랑에 목숨을
늘어뜨린 잎새"(「미명」)에서처럼 자연의 역동적 생명성을
담아내는 장면이나, "또 한차례 쏟을 사랑 남았는가. 애완
동물처럼 다소곳이 엎드린 관목들이 일제히 귀를 쫑긋거리
고, 연두 잎들이 서서히 입술을 내밀어 농염한 파동을 시작
하면, 투명한 물 그늘 속에 꿈틀거리는 욕정을 시치미떼던
호수도 잠을 깬다. 그 음전한 얼굴 훌훌 벗어들고, 온몸을
틀고 허리를 뒤집어 격렬히 흘레하는 물. 가둔 사랑, 드디어
붉게 터져 흐른다"(「하일서정(夏日抒情)」)에서처럼 나른하
고도 격정적인 풍경을 담을 때로 이어지면서, 관능에 가까
운 사랑의 형식을 완성하게끔 하고 있다.

드러누워 세상 꿈꾸지 않고/푸름을 세워 어둠을 지킨다
//모진 바람 모두 불러/가슴을 풀고/머리를 풀어/밤새도록
들끓는 사랑//쏟아지는 별빛의 하늘/쓸리는 바람과 살의
섞임//팔을 뻗어 사방으로/푸름을 나누고/흙과 얼음을 품
어/울음을 오래 참는 풀//어둠 깊이 들수록/더 빛나는 눈/
비바람 몰아올수록/더 짙어지는 입술//고개 숙이지 않는
절정/부서지는 죽음을 노래한다

—「풀잎」 전문


"드러누워 세상 꿈꾸지 않고/푸름을 세워 어둠을" 지키는
"풀잎"들은, "모진 바람 모두 불러/가슴을 풀고/머리를 풀
어/밤새도록 들끓는 사랑"의 상관물이다. "쏟아지는 별빛의
하늘/쓸리는 바람과 살의 섞임" 속에서 "팔을 뻗어 사방으
로/푸름을 나누고/흙과 얼음을 품어/울음을 오래 참는 풀"
은 그래서 "어둠 깊이 들수록/더 빛나는 눈/비바람 몰아올
수록/더 짙어지는 입술"로 "고개 숙이지 않는 절정/부서지
는 죽음을 노래"한다. 이제 사랑은 '죽음'의 이미지마저 포
괄하고 있는 것이다. 결국 이영섭 시인은 대상을 향한 강렬
한 사랑과 관능의 형식이야말로 우리들 생을 구성하는 가장
근원적인 동인(動因)임을 이번 시집에서 각별하게 노래하
고 있다.

## 4. 신성 지향의 종교적 상상력

나아가 이영섭 시인은 시집의 3부에서 자신만의 독자적인 상상력의 기원(origin)을 펼쳐 보여준다. 여기서 그는 성서적 인유(引喩)라든가 신앙적 감각을 담는 일종의 '종교적 상상력'을 집중적으로 선보이고 있다. '종교적 상상력'은 근대인의 영혼 속에 형성되어버린 '내면의 진공(inner void)'을 치유하고 보완하는 대안적 사유 방식의 하나이다. 또한 모든 종교적 경험은 우리의 경험 세계를 원초적으로 구성하는 궁극적 실재에 대한 반응으로서, 지정의(知情意) 가운데 어느 한쪽에서가 아니라 통합적 인격의 반응으로 나타나는 어떤 것이다. 그 점에서 '신성(神聖)'을 배제한 가운데 대체 신(代替 神)을 마련하려 했던 근대적 이성 중심주의는, 사회학자인 투렌(A. Touraine)이 말한 종교적 상상력의 심각한 '소외(isolation)'를 가져왔던 것이다.

이영섭 시인이 적극적으로 회복하고 탈환하려는 시적 권역은, 이 같은 소외가 극복되고 신성의 원초성이 살아 있는 시공간을 향한다. 이때 시인의 언어는 '말씀(logos)'이자 '말씀(using words)'이 된다. 초월적 지위에서 모든 텍스트의 권위를 보장해주던 '성스러운 말씀(Word)'의 권위가 가차없이 부정되면서 모든 것이 속화되고 있는 이 즈음에, 이처럼 '종교적 상상력'을 통한 형이상학적 열망을 이어가려는 시인의 의지는 그래서 매우 소중한 것이다. 그만큼 이영섭 시인은 '말씀'을 통해 세상을 파악하고 치유하고 회복하

려는 열망을 가진 시인이자, 바로 그 '말씀'에 대한 한없는
애착과 외경(畏敬)을 동시에 가진 시인이다.

> 갈대 숲 우거진 강가/여울에 발목을 잠그면//차거운 물
> 살 가르며/상류로 거슬러 오르는 피래미//등을 꼿꼿이 세
> 운/살 속에 맑게 흐르는 피//기억하고 있을까/산정을 쓰는
> 거센 바람소리//귀기울이고 있을까/아득히 먼 별들의 뜨
> 거운 손짓//다시 높디높은 소리로/깊은 강의 눈빛을 부르
> 는 노래//바람에 스쳐/갈대들이 서로 몸을 부딪힌다.
>
> —「다시 별을 노래하며」 전문

"갈대 숲 우거진 강가"에서 "차거운 물살 가르며/상류로
거슬러 오르는 피라미"의 "등을 꼿꼿이 세운/살 속에 맑게
흐르는 피"는 "산정을 쓰는 거센 바람소리"를 기억하고 있
고, "아득히 먼 별들의 뜨거운 손짓"에 귀기울이고 있다.
"다시 높디높은 소리로/깊은 강의 눈빛을 부르는 노래"는
"갈대들이 서로 몸을" 부딪는 풍경을 스쳐간다. 이 같은 상
상적이고 원초적인 풍경의 이면에는 "비스듬히 바깥문을 열
어/못박힌 바람을 풀어놓은/푸른 눈빛과 부드러운 손길/울
음이 마른 그 언덕 위에/닳아진 지문"(「당신에게 - 마태 일
기」)이 깊이 묻어 있다. 그만큼 시인은 이른바 '신의 지문
(指紋)'이 온갖 풍경에 녹아 있고 묻어 있음을 발견하고 있
다. 그래서 시인은 우리들 생이 비록 "마른 뼈로 누워 운

지" 오래고 "강 건너 이름 모를 풀잎 수없이 떠나고"(「노예
들의 합창 - 한탄강에서」) 난 후일지라도, 십자가(十字架)
의 죽음-부활의 사건을 통하여 새로운 생의 형식을 가다듬
을 수 있음을 노래한다.

무엇을 기도할 수 있나/어두워진 갈보리, 갈보리 언덕/
비웃고 조롱하던 사람이 떠나고/피 흘린 갈증과, 외로운
입술로/엘리 엘리 라마 사박다니/세 여인도 소리 죽여 우
는데//무엇을 기도할 수 있나/가장 가난한 곳에 태어나/가
장 낮은 곳으로 이슬 내리듯/길 잃은 세상을 떠나는 젊은
이/낡은 휘장이 찢긴 골짜기에/깊은 물이 넘쳐 흐르는데//
무엇을 기도할 수 있나/매 순간 죽음을 선택한 그대/피땀
흐르는 이마로/고통을 물어 죽음 건너는/발 밑에 흘린 피
흥건한데/옷을 제비뽑기하던 사람//무엇을 기도할 수 있
나/두려움과 불안에 사로잡혀/눈이 멀고 귀를 잃은 오늘/
부끄러운 콧등을 문지르며/제 살과 뼈를 노예로 부르는/끊
임없이 흔들리는 영혼아
—「십자가 밑에서」 전문


"어두워진 갈보리, 갈보리 언덕"은 이제 "비웃고 조롱하
던 사람이 떠나고/피 흘린 갈증과, 외로운 입술로/엘리 엘
리 라마 사박다니" 하는 환청이 거듭되는 공간이다. 시인은
이 죽음의 언덕에서 "무엇을 기도할 수 있나" 하고 "가장 가
난한 곳에 태어나/가장 낮은 곳으로 이슬 내리듯/길 잃은

세상을 떠나는 젊은이"를 회상한다. "무엇을 기도할 수 있
나"라는 반복되는 표현은, 시인이 이 죽음의 십자가 사건에
얼마나 동화되어 있으며 또한 외경을 느끼고 있는가를 증언
한다. "매 순간 죽음을 선택한 그대"는 그래서 "두려움과 불
안에 사로잡혀/눈이 멀고 귀를 잃은 오늘"을 반성하게 하
고, "제 살과 뼈를 노예로 부르는/끊임없이 흔들리는 영혼"
들을 부끄럽게 하는 것이다. 그것이 시인이 파악하고 있는
십자가의 능력일 것이다.

　이 같은 종교적 상상력은 시인으로 하여금 "스스로 옷을
찢어 슬퍼하지 않고/스스로 속을 비워 반성하지 않고/거리
마다 발작하는 광란의 불빛/어둠 속에 꿈틀거리는 붉은 혀"
(「겨울 궁전에서 - 이라크 침공에 부침」)로 제국주의의 폭
력성을 은유하게 하기도 하고, 어린 딸을 버리고 달아나는
여인을 통해 "도벳 사당을 스스로 지어 귀신 몰렉에게/어린
자식을 수없이 불태운 광란의 제사"(「힌놈의 골짜기」)를 상
상하게 하는 힘을 부여하기도 한다. 그처럼 "셀 수 없는 혀
의 징검다리/불과 물과 피로 제사 지낸 후/사람의 말을 찢
은 그대"(「1월(아빕월)」) 예수는 시인에게 궁극적 사표(師
表)가 되기도 하고, "눈물을 긷지 않고/눈물을 붓지 않고/스
스로 구한 고통이 있는가"(「물을 길어 당신 앞에 붓고 - 테
레사 수녀를 위한 헌시」)라는 고백을 낮게 하는 구원의 심
층(深層)이 되기도 하고, "풀어놓은 사랑 굽굽이 흐르는 곳
으로/가난한 발길을 부지런히 옮겨야 하리"(「돌에게」)라는
다짐을 갖게 하는 사랑의 메신저가 되기도 한다. 그래서 이

영섭 시인의 언어에는 "아무도 닿지 못할 어느 기슭/산 속 깊은 그 어둠 끝까지 닿아/사랑 나누"(「벨라뎃다에게」)는 힘, 곧 친근하고도 구체적인 지상의 신성(神聖)이 존재하는 것이다.

이처럼 '종교적 상상력'을 통한 세계 참여와 신성 추구는 이영섭 시인만의 독자적인 음역(音域)으로서, 앞으로도 그의 자연인적 신앙과 결부되면서 아름다운 종교시편을 생성해내는 시적 근원이 될 것이다.


## 5. 대화적 소통으로서의 서정시

우리가 잘 알듯이, 서정시는 근본적으로 시적 주체의 자기 표현적 발화이다. 하지만 그것은 자기 폐쇄적 독백으로만 현상하는 것이 아니라, 청자를 전제로 하는 이른바 대화적 소통을 욕망하기도 한다. 하이데거(M. Heidegger)는 존재의 진리를 나타내는 언어가 본질적 언어이며 그것은 대화를 통해 가능하다고 하였고, 휠라이트(P. Wheelwright) 역시 인간의 본질적 특성을 인간이 화자인 동시에 청자일 수 있다는 점에 두었다. 말하자면 그들은 언어의 기능을 존재의 말건넴과 소통으로 본 것이다. 따라서 서정시가 대화적 소통의 형식을 취한다는 것은, 서정시가 인간의 존재 형식을 가장 본질적으로 암시하는 예술임을 알게 해준다.

이영섭 시인의 「새우의 겨울」은, 시적 화자가 자신을 성찰하는 고백적 태도를 보이면서 동시에 타자(他者)에게 말을 건네는 대화적 소통을 욕망하고 있다. 그것은 타자를 향한 시인의 연민과 소통 의지의 표현이며, 공동체 안에서 '시적인 것'을 발견하고 발현하려는 시인의 사회적 상상력의 상징적 표출이기도 하다. 가령 시집의 표제작인 다음 시편은 그 점을 명료하게 보여주고 있다.

이 투명함으로 겨울을 나기에는/껍질이 너무 얇다/소금을 잘 뿌려, 구워진 살점아/푸른 바다를 등진 지 오래구나/안개비에 눈을 씻으며/촉수를 세운 수조 속의 유형(流刑)/포화에 등이 굽은 채/꿈속에서 헤어진 깃발이 나부끼고/갈라진 등과 손톱 사이로 다시/밀물처럼 스머드는 냉기, 부두에/꽃잎처럼 내리는 진눈깨비/펄펄 쏟아져라. 가난한 넋들아/훨훨 날아다니는 회색의 바다/충혈된 혀들이 모여드는 겨울 저녁/그대들의 요기를 채우기에/충분한 단백질, 내 영혼의/까맣게 타들어가는 꼬리를 잡고/뜯어먹어라 맛있게/씹어먹어라 꼭꼭/풍성한 그대들의 식욕을 늘 예비하였나니/살진 속살 속속들이 핥아라/이 불투명한 어둠을 모두 비우리라

—「새우의 겨울」 전문

"새우"라는 이색적 소재를 화자로 설정하여 시인은 그의 가혹한 "겨울"을 노래한다. 이때 "새우"는 세상의 중심에서 소외되거나 격절(隔絶)된 타자로서의 삶을 암시한다. "새

111

우"는 "이 투명함으로 겨울을 나기에는/껍질이 너무 얇다" 고 말하고 있다. 그의 삶은 "푸른 바다를 등진 지 오래"이고 "안개비에 눈을 씻으며/촉수를 세운 수조 속의 유형(流刑)" 에 놓여 있다. 더구나 "포화에 등이 굽은 채/꿈속에서 헤어 진 깃발이 나부끼고/갈라진 등과 손톱 사이로 다시/밀물처 럼 스며드는 냉기"를 느끼고 있을 정도로 그의 국외자적(局 外者的) 삶은 차가운 균열로 채워져 있다. 이때 그가 "부두 에/꽃잎처럼 내리는 진눈깨비"를 보고 "펄펄 쏟아져라. 가 난한 넋들아"라고 할 때 그것은 곧 자신을 향한 고단한 목소 리이기도 한 것이다. 그래서 "충혈된 혀들이 모여드는 겨울 저녁"에 "그대들의 요기를 채우기에/충분한 단백질, 내 영 혼의/까맣게 타들어가는 꼬리를 잡고/뜯어먹어라 맛있게/ 씹어먹어라 꼭꼭"이라고 화자가 말할 때, 그것은 자학(自 虐)의 포즈가 아니라 "이 불투명한 어둠을 모두 비우"겠다 는 시인의 역설적 의지가 표현된 것이다. 결국 이 시편은 이 영섭 시인이 추구하는 자기 표현적 발화의 속성과 대화적 소통에 대한 의지를 동시에 담고 있는 가편(佳篇)이라 할 것이다.

이러한 타자 지향의 시학은 "자주 큰길 쪽을 살피는 불안 한 눈길과/어두운 촉등이 밤의 한기에 떨고 있는"(「잉어빵 장수 부부」) 이웃들을 향하기도 하고, "이제 우리에게/더 이 상 아침이 허락되지 않는다"(「새의 죽음 - 고 박종철을 애도 하며」)는 사회적 현실에 가 닿기도 하고, "백두산은 귀청이 닳아버린 낡은 신화가 아니다. 무수한 별빛을 가슴에 묻은 채 만주벌을 굽어보며, 살아서 숨쉬고 있는 이 땅의 검붉은 어깨다.”(「백두산」)에서처럼 민족의 지평으로 확산되기도 한다. 모두 이영섭 시인의 시인적 국량(局量)을 짐작케 하는 편폭이 아닐 수 없다.

마지막으로 한 가지 삽화(挿話)를 얹자. 이영섭 시인은 대학에 입학하던 해 학보에 실었던 한 작품을 시집 맨 뒤에 수줍게 싣고 있다. 이 「정오의 시」라는 작품에는 40년 가까운 시간을 묻어두었던 문청(文靑)의 언어가 따듯하게 담겨 있다. 이 시편에서 시인은 “하늘을 나는 은빛 비둘기”가 “하얗게 교차되”면서 “무르익은 여름의 붉은 벽돌집”과 “벽을 기어오르는 담쟁이덩굴”을 감싸고 있는 풍경을 바라보고 있다. 그 스무 살의 청년은 “연둣빛 잎새의 향연”과 “쏟아지는 햇살”과 “실핏줄에 흐르는 환희”를 정오의 절정에서 온몸으로 받아들이고 있다. 이 생동하는 시편을 시집의 맨 끝에 상징적으로 배치함으로써, 이영섭 시인은 ‘시적인 것’을 향해 뒤척여온 그의 오랜 시간과 한편으로는 조우하면서 한편으로는 결별하고 있는 것이다. 시인은 그렇게 기억과 사랑의 힘으로 “귀환의 노래”(「박명」)를 부르고 있다.

우리가 보기에 이영섭 시인은 앞으로도 자신의 ‘시적 경험’을 더욱 숭고한 방향으로, 균형과 조화를 이루는 방향으로, 그리고 느림과 성찰을 지향하면서 심미적 효과를 이루어가는 방향으로 심화해갈 것이다. 물론 현대시로 올수록 비속성이 그대로 노출되기도 하고, 일탈과 부조화 또는 파

괴의 시학이 나타나기도 하고, '추(醜)'의 미학이 선보이기도 하지만, 우리 중에서 이영섭 시가 그러한 인공적 미학으로 나아갈 것이라고 믿는 이는 아무도 없다. 그는 그만큼 오래된 혹은 망각된 가치의 발견과 성찰에서 자신의 '시적 경험'을 완성해갈 것이고, 결국 생의 근원에 대한 "귀환의 노래"를 부를 것이다.

늦깎이로 등단하여 '늙은' 첫 시집을 이제야 세상에 내놓는 시인의 기쁨이 결코 작지 않을 것이다. 우리도 그 '늙지 않는' 시인의 열정에 같은 크기의 기쁨으로 몸을 담근다.